南极菠萝鉴定所

天宁 著

哈尔滨出版社
HARBIN PUBLISHING HOUSE

图书在版编目（CIP）数据

南极菠萝鉴定所 / 天宁著. -- 哈尔滨：哈尔滨出版社，2020.8
 ISBN 978-7-5484-5421-2

Ⅰ. ①南… Ⅱ. ①天… Ⅲ. ①诗集－中国－当代 Ⅳ. ① I227

中国版本图书馆 CIP 数据核字 (2020) 第 137197 号

书　　名：	南极菠萝鉴定所 NANJI BOLUO JIANDING SUO

作　　者：天　宁　著
责任编辑：韩伟锋　尹　君
责任审校：李　战
封面设计：柯日珐

出版发行：哈尔滨出版社（Harbin Publishing House）
社　　址：哈尔滨市松北区世坤路 738 号 9 号楼　　邮编：150028
经　　销：全国新华书店
印　　刷：武汉市金港彩印有限公司
网　　址：www.hrbcbs.com　　www.mifengniao.com
E-mail：hrbcbs@yeah.net
编辑版权热线：（0451）87900271　87900272
销售热线：（0451）87900202　87900203

开　　本：880mm×1230mm　1/32　　印张：4　　字数：50 千字
版　　次：2020 年 8 月第 1 版
印　　次：2020 年 8 月第 1 次印刷
书　　号：ISBN 978-7-5484-5421-2
定　　价：58.00 元

凡购本社图书发现印装错误，请与本社印制部联系调换。
服务热线：（0451）87900278

天宁，95后，坐标纽约/上海，任南极菠萝鉴定所所长，诗是她在南极种的菠萝

特别鸣谢摄影家 Windy Li。《南极菠萝鉴定所》的插图取景于希腊、新西兰、俄罗斯、巴西、耶路撒冷等地。

此书献给每一位踏进南极菠萝鉴定所的旅客

南极菠萝鉴定所

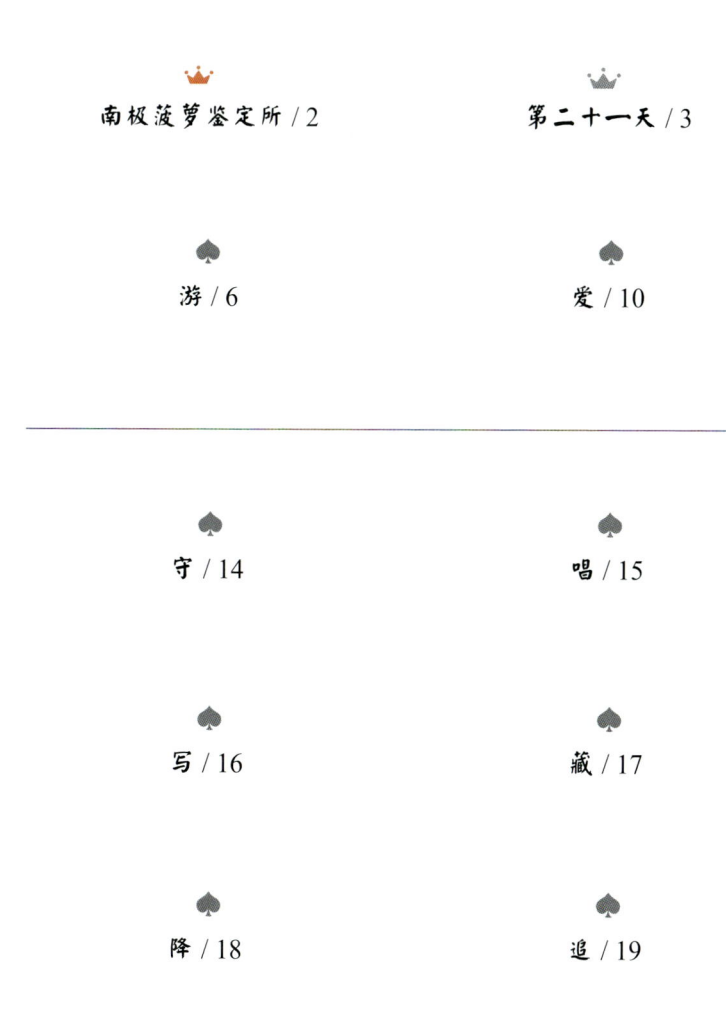

南极菠萝鉴定所 / 2　　　　　第二十一天 / 3

游 / 6　　　　　爱 / 10

守 / 14　　　　　唱 / 15

写 / 16　　　　　藏 / 17

降 / 18　　　　　追 / 19

目录

♠ 人之癫狂 / 20　　　　　♠ 和太阳对视 / 21

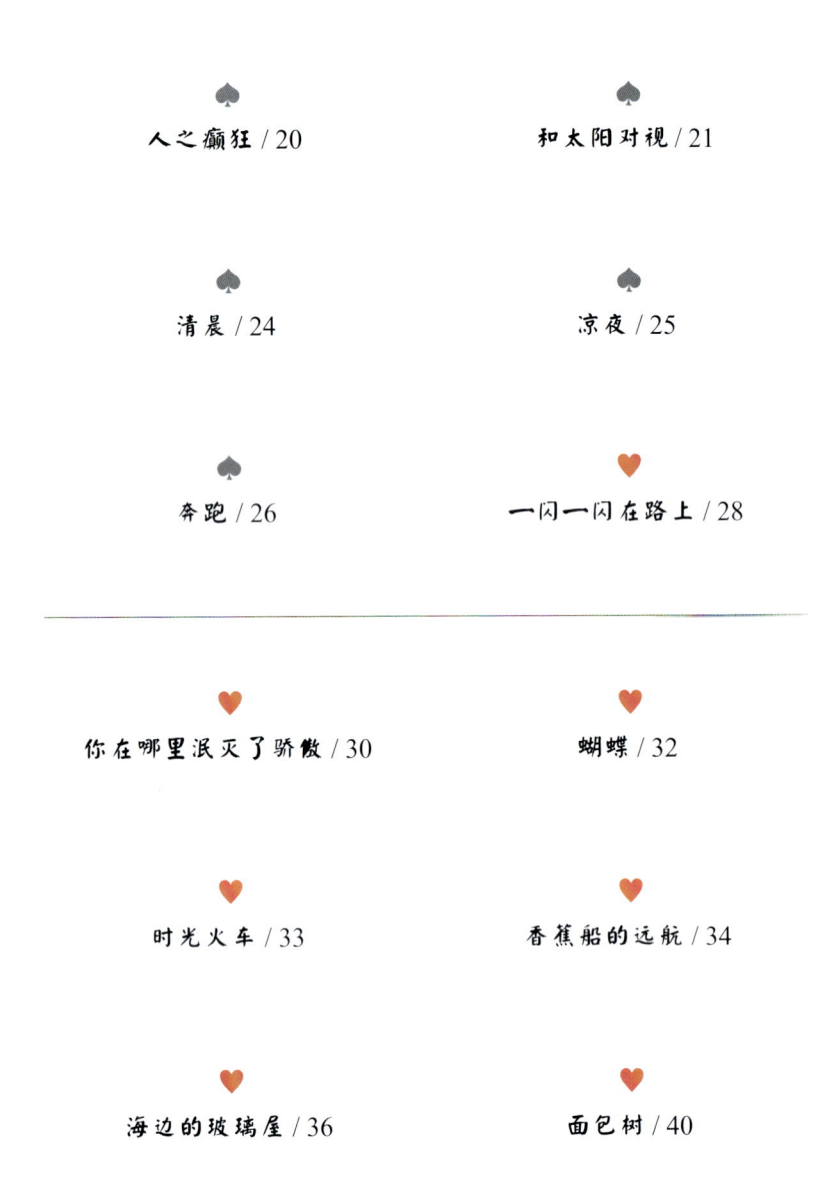

♠ 清晨 / 24　　　　　　　♠ 凉夜 / 25

♠ 奔跑 / 26　　　　　　　♥ 一闪一闪在路上 / 28

♥ 你在哪里泯灭了骄傲 / 30　　♥ 蝴蝶 / 32

♥ 时光火车 / 33　　　　　♥ 香蕉船的远航 / 34

♥ 海边的玻璃屋 / 36　　　♥ 面包树 / 40

目录

♥ 诗人的月亮 /42　　♥ 她，他 /43

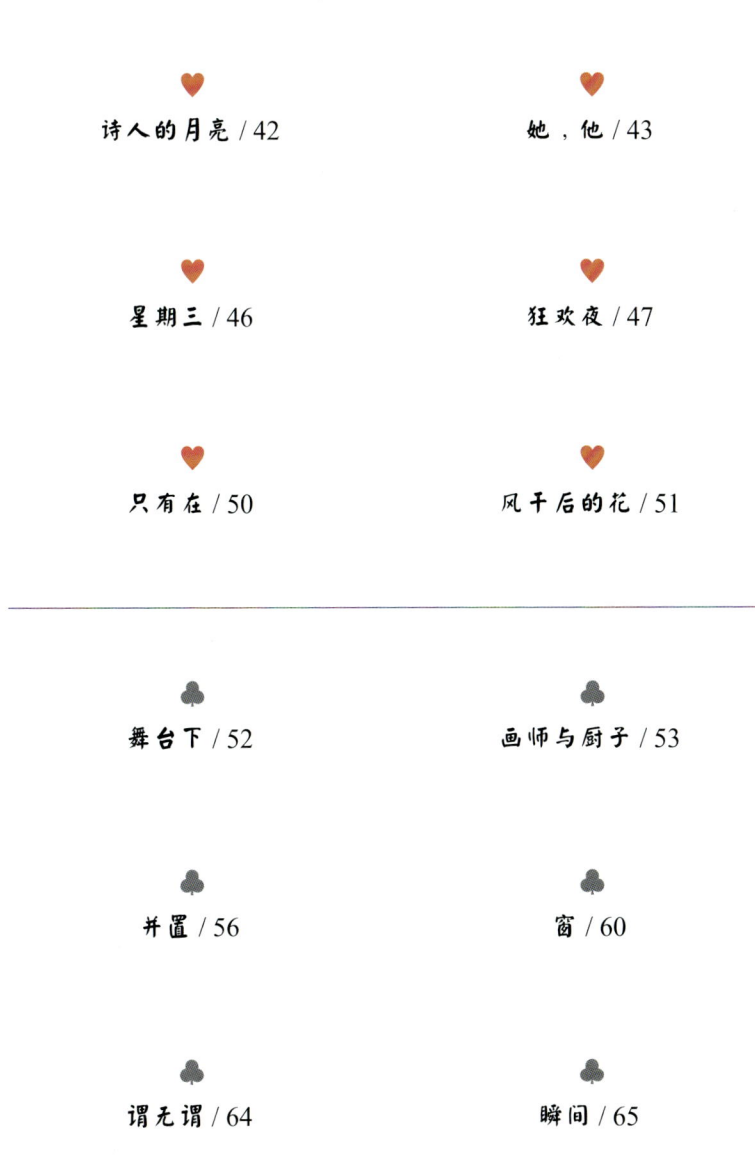

♥ 星期三 /46　　♥ 狂欢夜 /47

♥ 只有在 /50　　♥ 风干后的花 /51

♣ 舞台下 /52　　♣ 画师与厨子 /53

♣ 并置 /56　　♣ 窗 /60

♣ 谓无谓 /64　　♣ 瞬间 /65

目录

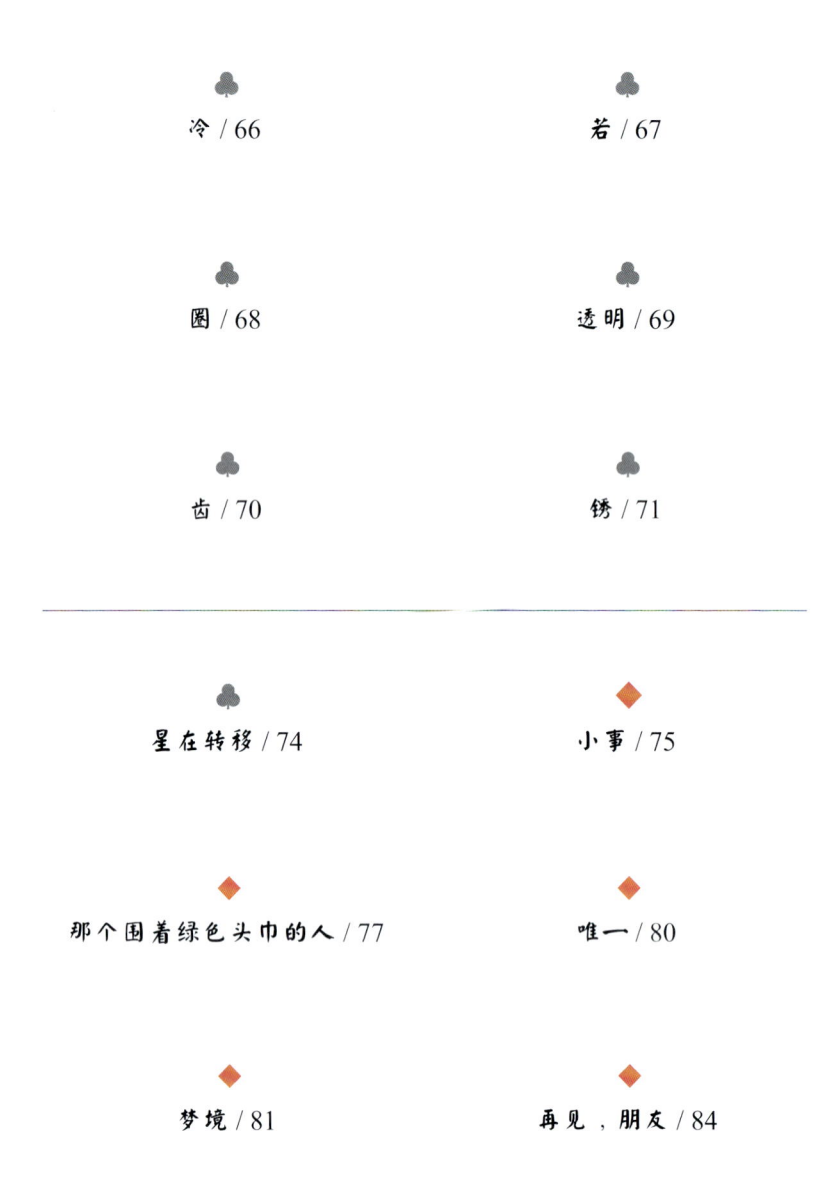

♣

冷 / 66

♣

若 / 67

♣

圈 / 68

♣

透明 / 69

♣

齿 / 70

♣

锈 / 71

♣

星在转移 / 74

♦

小事 / 75

♦

那个围着绿色头巾的人 / 77

♦

唯一 / 80

♦

梦境 / 81

♦

再见，朋友 / 84

目录

夜色 /86　　　　　　太阳和巧克力 /87

很久很久以前 /90　　这一次，告别 /91

书笺 /92　　　　　　鉴定夜晚 /93

巨人的志气 /96　　　幸福国 /100

目录

南极菠萝小宝典

南极菠萝
102

城堡
103

百亩森林
105

瓦楞纸和灯芯绒
108

纸盒子
110

城里的雨水
112

目录

南极菠萝鉴定所

♠ ♥ ♣ ♦

南极菠萝鉴定所

卓尔不群的种菠萝人
淡金黄色的人
把果实连成醉人心神的线
长长浅浅的线
不假思索的线
唯有她的国度才能搭起的线
侧着转进来,倒着伸出去
把南极的冰川缝起来
将地球对面的绿洲引过来
再穿凿一个能生火把的洞穴

种菠萝的人有五十四张纸牌
相映生辉
灿烂得让人心旷神怡
牌面是紧实的画布,贴合在洞穴内壁上
种菠萝的人绝无闲工夫取乐
不过是因为南极也该有鉴定会
在那里要劝人们小口小口地品尝艺术

小声小声地断定好坏
油彩、木材、刀片
这些都是暂时种植不出的
那么菠萝要扮演从筹谋到打烊
所有的关键角色
从头到尾

淡金黄色的种菠萝人
她亲手栽种、亲身示范
每一个菠萝都卓尔不群
但它们遇见南极的安迪·沃霍尔
装作相似的外貌
排排坐,拍一张搞怪的集体照
随后翻了跟头
分了几组追逐着滚入洞穴
说是在南极弹奏巴赫的赋格曲
在淡金黄色的南极菠萝鉴定所

第二十一天

三个礼拜垒起的西南围墙
第二十一天,风儿刮走了中间的红砖
孔雀蓝的鸟闻讯而来
急着想在那四方空间做美梦

有着两扇彩绘落地窗的四方空间
如云端象牙塔里最顶端的方阁楼
鸟瞰之中,能谈古论今
临摹清晰的世界

临摹着,沟壑纵横里
无数金色的牌匾,横竖里藏着的
呼之欲出的新型语言

沿着蚂蚁轨迹的
远程探险家,翻山越岭
去寻找一个旋涡
却突然在金色牌匾前渴求火花
任黄沙掩埋了船帆、毛毯和手电

鸟瞰之中,忘却了偶遇的扇形天空
目睹树叶的忐忑,被雨水喂养
半路的好奇,为涂料掩埋
羽毛上沾染的一切,在光晕里褪色
在惊醒的时间里,扶摇直上

冷风吹来,四方空间外——
清晰的世界
心与足好似落在地下
没有东西在蹦跳、回弹或舞动
即使有光线掠过,亦是平平整整
沿着规律的半径滑过

如前一生在飞行的路线见过
又或是在梦境里
从没有墙的方阁楼梦醒时
第二十二天就会到来

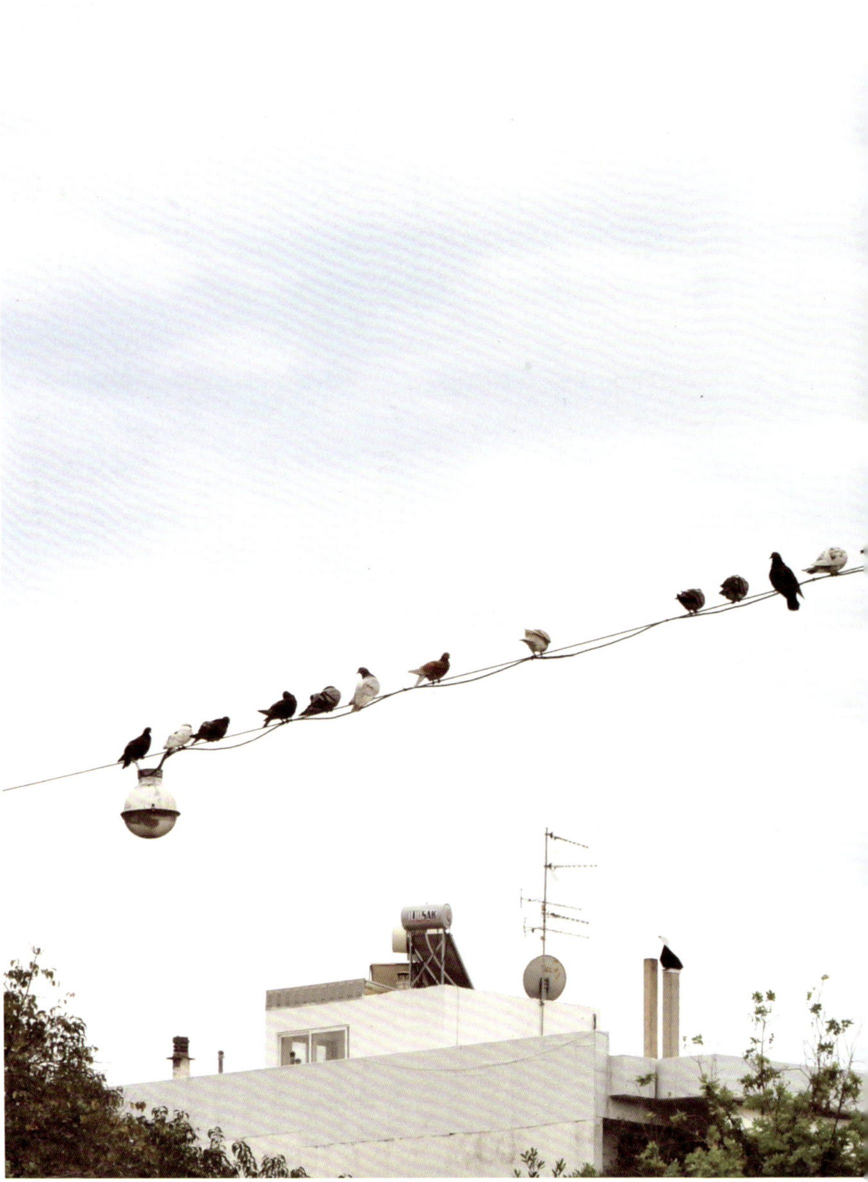

卡拉玛塔，希腊
Kalamata, Greece

♠ 游

木匠家的儿子,春日里
忆起水草缠绕双脚的绝望
住在水上雕琢木盒
一年一年,不再盛放得下双脚的木盒
漂,没有桨的船
擦去故事的面孔
游,在另一端的生活面上练习浮潜

眼睛泊在水底的琴键,漾开
聚拢,岸上火焰的蓝色
用一整个黑夜
让哆来咪发索有了体温

他从色彩里现身
像盛满各色鹅卵石的调色板

哗地倾翻在河岸
他自忧郁里发声
如太阳的锋芒,光临瘦弱的脊背

他为生命栽种一朵玫瑰
月亮里的玫瑰园
以会唱歌的水壶浇灌
那是装着夜莺的水壶
壶柄有恋人编制的藤条

青鸟飞回翡翠城,方街回指南针
翻转的路牌下,寻城堡所向
月亮和太阳的光已熄灭
万物留船灯守候

符拉迪沃斯托克（海参崴），俄罗斯
Vladivostok, Russia

♠　　　　　　爱

I

什么时候喝下最后一口香槟
亲爱的，如果
我的真诚是愚蠢的
那就是愚蠢的
伏特加是愚蠢的
龙舌兰是困难的
杜松子是尽心尽力的
以前我多么害怕形容词呀
以前我只给名词做标本

每个人都有一大房子的
纸片般的脆弱
每只老虎都有一大森林的
每天月亮都有一大宇宙的
每滴雨水都有一大片云的
纸片般的脆弱

亲爱的，你那么酷
你想做人类、老虎、月亮还是雨水
什么时候再吃那一口
假装惦念的晚饭
那时你的对面会是月亮、雨水
人类还是老虎
什么时候学会了和别的生物一起进食
也看穿它
照见镜子
才发觉自己没有了不得

II

我想到爱你这个选项
从你蓝色的发梢开始
夏天闯进了门
在漆黑的背景里
大肆燃烧
有浓烈的气息
因在手心里
攥不住而绽放

一只将沉没的船身
我在它倾斜的
那一刻
匆忙登临
我想到吻你这个选项
从你的眼睛开始
或从耳朵开始
到你脸的轮廓
一瓣洁白的花
光亮

我不爱艺术了
瞬时忘了那种馈赠
艺术是孤单的礼物
我的诗篇从前是丰厚的
现在是薄的，凉的
无法阻止的，热的
我成了一根肤浅而幸福的树枝

我不再细数日光的纹路
也不跟踪流水的去向了
我还了然北冥有鱼
却不在乎其名为鲲了
别人知道
我想到爱你这个选项
就愿意摘下诗人的帽子
把它轻放在你的蓝袖子上

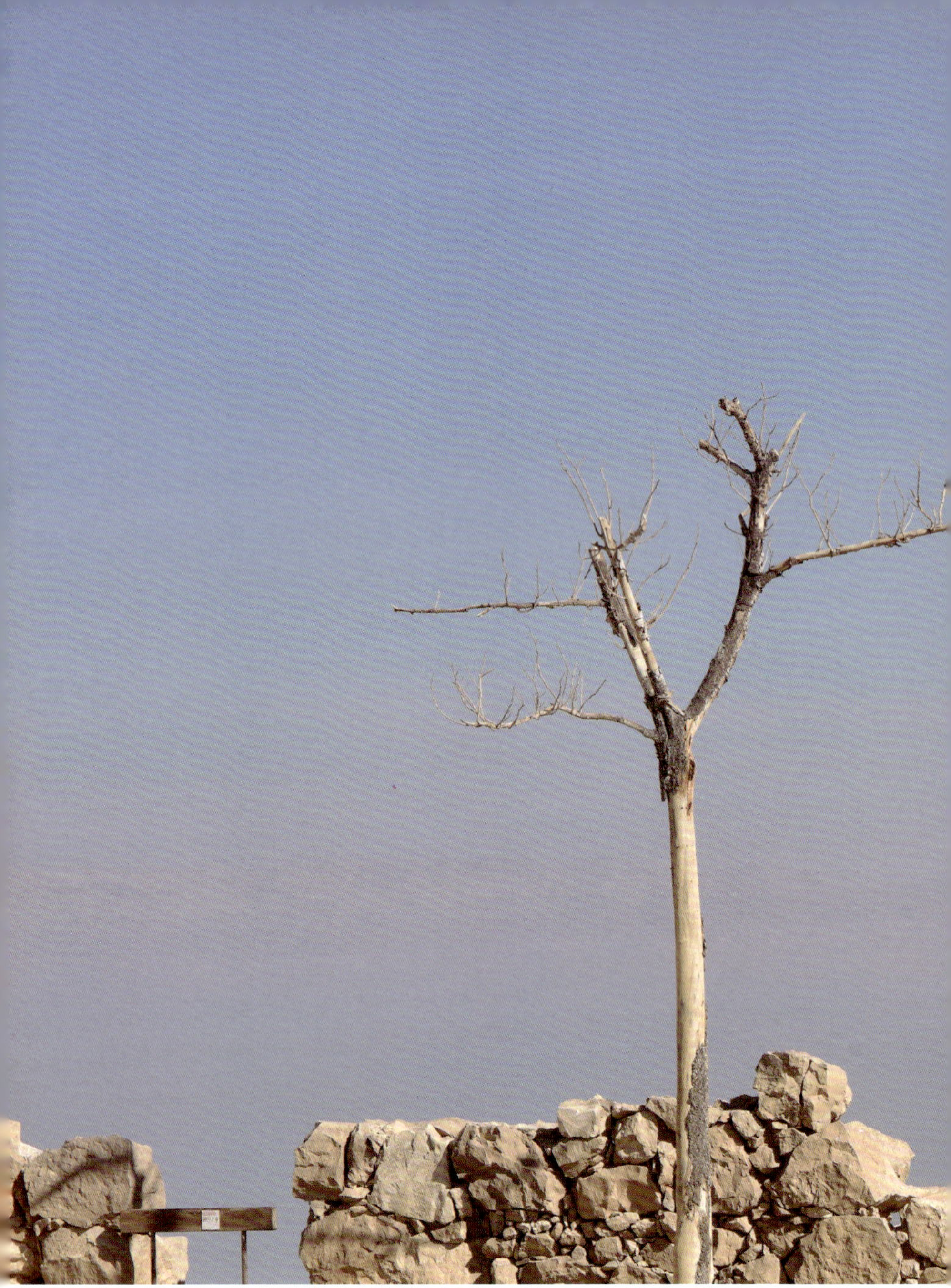

耶路撒冷
Jerusalem

♠ 守

在海水涌来之前
他决意做一个守木人
愿终日守株,等待着
狐狸、貂和野兔

泡在日光中休憩
在木头的纹路里找寻意义
他不求野风吹落大片野果
但愿能自给自足

他在夜晚的沉睡
从不被太阳的升起唤醒
只跟随身体里滴答的倒计时

他用绿叶做好眼罩
指尖才碰到了
独立无依的尾音——
一头鹿寻索草料

脚底踩散喧闹,只剩下
一场独白
皮肤下东奔西忙的声响

♠ 唱

组一个避实就虚的唱诗班
声音在浅白的语义里开合
拖曳的尾音，顺着浅白的水路
没有心的主人探出的手掌
搁浅在远的滩

所有，所有被掷弃的瓦片配件
栖居在屋顶上恣意弹唱与呼叫
宴请孤单，无所谓剥落
屋檐下不甘睡去的耳朵
种在无色的土壤

玻璃人吟唱，最末一次的纯真年代
在赶往自由的最后一刻
黑暗里述说一个故事——
从前，有两个世界
它们从未有可能无缝相接……

袒露出内心的指环
在白昼里书写，那么多的
躁动和孤立无援
它在手指上翻转，千万遍地唱
"国王的牙齿掉了，不会变成金子
只证明他的变老"

♠ 写

密密丛丛的枯叶
仿作陈旧的猎人笔记
平行羽翼埋藏其里
伴睡,如孩童

惊飞,烟囱上欲坠的句子
跌作几段流淌的斑斓
流水相引
切出种植类比的两岸
跨日界线上
绘成一组深沉的破折

夕阳迟缓却考究
大树年轮下
有反复推敲的喙,逐一
滴答声里击磨核桃
摄取合格的果香
去装点初冬雪人

♠ 藏

阳光是来解放我们的
它藏掖起阴霾
一如我们
藏掖起碎片和泪
拾起发光的手杖
开辟一条新的路途

♠ 降

两个人
沿着深绿的山脊降落
不尝试并肩
与对方
与太阳、蒸汽
和绵延的陆地

两个人
游，游乎尘垢之间
日出之前，光影摇摆
路将尽，话未说，只得
叫一颗杉树为圣诞树
一抬头
已漫山遍野

♠ 追

曾经学会了用火柴点燃
光阴的大火
和挚爱的人儿一起
如愿烧熟了架上的肉骨
和多米诺骨牌一般
由高至低
精心摆排的面点
我顺其而下,渐行渐远

可在夜幕低垂的背后
我突然想起了什么似的
来回奔逐
试图追回那些融化的脸孔
每次一个
在熊熊的火苗里搜寻
最后一丝线索

♠ 人之癫狂

所谓人之癫狂
无非是每一天
我都在开一辆没有去向的皮卡
栉风沐雨
作一首没有完结的歌
音调熏然,东倒西歪
排演一出不曾定档的秀
也并不等待
我的动作都很连贯
我其实未有疯癫吧
只是在绝妙的生活里丢了魂

♠ 和太阳对视

后眨眼的人将赢得嘉奖
一项与太阳对视的竞技
难度太高,鸦雀无声
去吧,它虽然胆大包天
可不舍得灼伤你的漂亮眼睛
不会与你开不合时宜的玩笑
游戏结束,太阳就会借出它的手
一切你生命中的杂务
它为你分担
直到你重新自在地游走
再一次是天不怕
地也不怕的模样
这是勇士的嘉奖

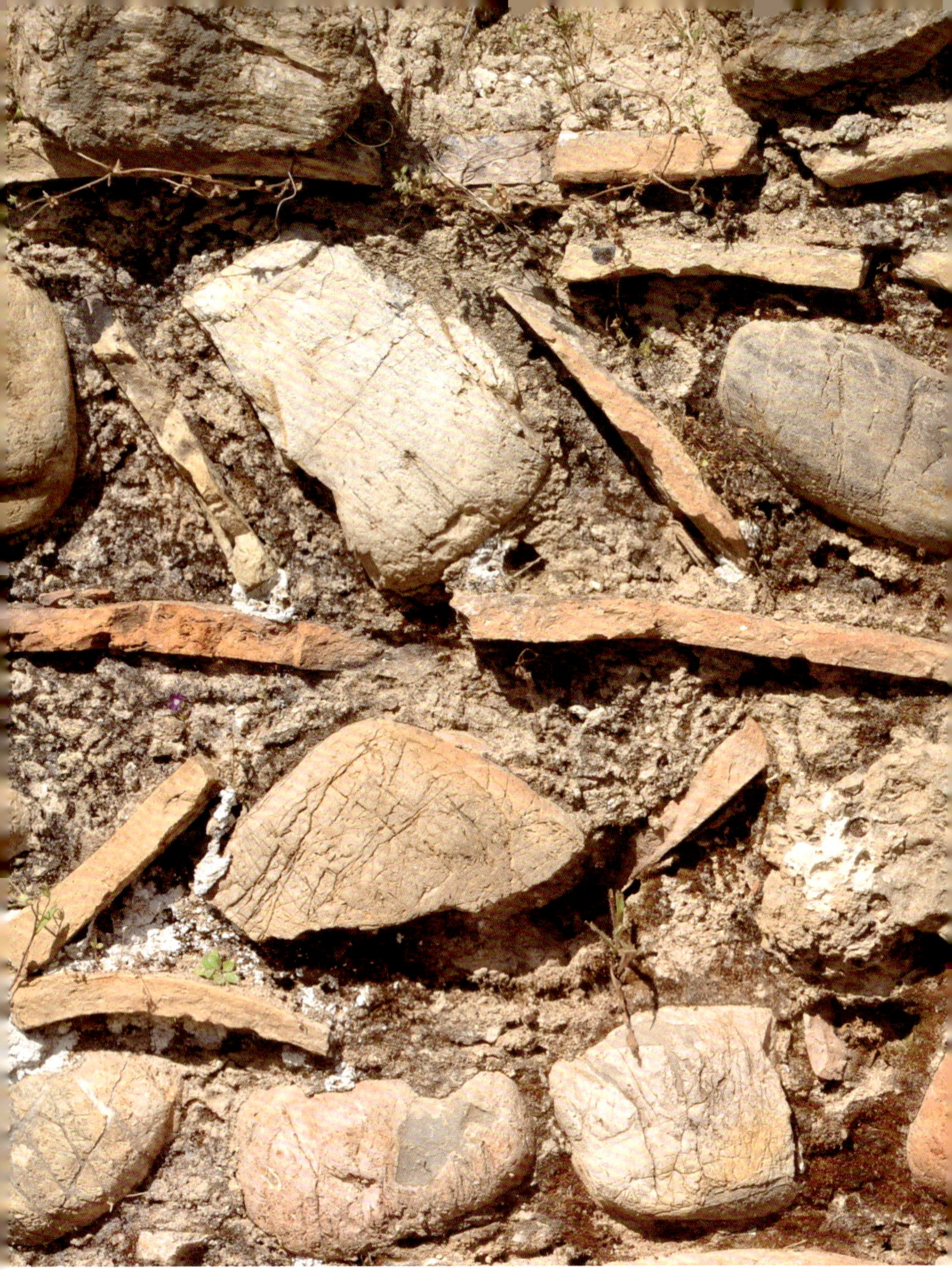

奥林匹亚，希腊
Olympia, Greece

♠ 清晨

清晨,感到纯白如雪的心,不掺杂质的心
纯净的灵魂,投射在眼神里
如一支撷不到的百合花,漂浮在
波纹攒动的湖水中央
像围着木屋划破云霄的嬉笑
知更鸟的鸣啼
没有修饰的自由,自由
成为田野两侧的音乐和光
徘徊的,重复着的
在口中变成最美的音节

♠ 凉夜

温暖的夜,是戴着假面的巨人
因为夜总该是凉的
它皮肤前的遮蔽
会消融在初晨的光

夜是冰凉的镶嵌着花瓣的指环
依赖却不纠缠在每一根手指
像云,无言地环绕在风上

可以饮下这种凉夜
让它在腹中小睡
将从不喧宾夺主的小花
种植到清甜的手臂边
你就挽着这些花
你就短暂地拥有了这个凉夜

♠ **奔跑**

奔跑，直到
有一天我已耄耋
再藏不了笑靥里的皱纹
也不感到落寞

耶路撒冷
Jerusalem

我会歪倚在透亮的窗儿前
看那暖风吹得路人眠
等候我的好孩子快跑来

♥ 一闪一闪在路上

在路上,用一闪一闪的脚步
还有无数的明天要走
因为作别,已听见无数颗心遗落在地上
此起彼伏地敲击
于我,那是竖琴清脆的颤抖
倚在崎岖的弧线上,优美地滑落

在路上,也花了无尽的长夜去勾勒故乡的人们
涂抹出的却只是寥寥的笔画
用炭笔掩盖
成为了远处暗夜里的山峦
在豺狼的嚎叫声里,我徒手攀上山峦
在它背后茂密的小森林里
洒下了一片温暖的星

走路的时候,也常不专心致志
看道旁有一个人,用借来的雌黄修屋顶
他有刀削般冷峻的脸颊
太阳的光辉下形成阴影般的对立面
他整个人,一支剑似的在屋顶上游走

带着崭新的乡音,他问我去往何处
我信口造了一个俗气的名字,叫作明天城
人群蜂拥而至,眼神里燃起火花
"带我们走吧,摆脱愚鲁的生活"
我摇摇头,我只和明天同行

在路上，我听见一行人站在云上歌唱
脸上露出悲悯的神情
却含着温和的浅笑
她们没有姿态地唱着，从未期待认可
嗓音低敛而诚实，在为脚下的花草祈福
离开之前，我留下了真实的泪珠
她们收下做成洁白的珍珠
命名为"刹那"
挂在脖子上，正衬着——
皓齿明眸，半月当空

我真的走在了路途的当中
这次是真的，不再只是一场漂泊的梦
拉扯，汹涌，醒来后毫发无损

而现在可以随心所向往，在光天化日下
手里捧一支烛火
在神奇的迷宫路上绕进绕出，直到天黑

直到，我蓦然瞧见
有个地方的旋转木马没有旋转
我骑上它，就笔直地往前飞奔
沿着从未有人画下的轨道
在浓稠的夜色里
顺着一闪一闪的间隔色灯盏

❤ 你在哪里泯灭了骄傲

I

千孔魔笛回转出夜的光
他闭着眼
便嘲笑夜的黑
风沙漫漫侵蚀了大地
他缩着身
只扣住脚下的黄土
直到魔笛吹来了白昼
耀眼得他用衣袖遮住眼
直到风沙囫囵出苍茫一片
把他也卷上九霄云外
在剧烈的摇撼中他失去自己
微小的寄托

II

我的翅膀曾经柔软
每天我飞到水边
涤荡里浅唱
抬头是广袤的天
庄严地笼罩着
我飞行所及的寥寥田野
落木千山

初冬时我的羽翼滴了血
他们说
是被猎人的枪擦着了
我装作不记得
天黑的时候一只小猫
来舔舐我的寂寞
我静静地卧着
眼合上,一个梦
我的翅膀斜而长
抵住逆行的气流
俯瞰哪怕头晕目眩
千里快哉风

III

天空里
是揽不住,围不满的蓝
那就朝着最蓝的那一块去飞
就算只是扑扇羽翼
哪怕只是向若而叹
这一刹那已是心身的逍遥

当你惊喜地回顾
你折断的羽翼完好如初
你烦扰的监禁碎成虚无
在你凹陷的眼眸
深映进了那
围不满,揽不住的蓝
自此那是你的底色
是你的家园
除了它,你再无所有

蝴蝶

作茧自缚的人儿
把自己迷宫般重重围缠起来
在春天到来前衔着一支含糊不清的歌
歌词和曲调被声音搅拌
吸附在近旁的花园叶子上
那歌,糖浆一般含在口中,吞吐不能
每每夜幕降临,她陡然忘却自己还能变成蝴蝶
只晓得这季节苦痛且茫然无措
在春天冒出枝芽以前
她守着自己的身躯和自己浑沦的歌
千万遍地吟唱,挣扎着摇摆
且候着那遥遥无期的挣脱和新生
只有在梦乡里
某一天,她翩翩舞动,轻嗅着花瓣香
去看望了几个新的作茧自缚的人儿……

时光火车

爬入急速行驶的时光列车
把神经用胶布缠紧,匍匐行进
手册上说,紧紧贴着里边走
分针和秒针就能被耐力滞留
精美的车厢,左右晃动
像摇摆在叶子上的,车窗外
农夫养的毛毛虫

麦田、绵羊和其他渐而淡去的
——金黄色、白色和其他颜色的色块
迎面撞碎,不由分说
打在我脸上散开,成散落的烟火
瞳孔千万遍放大,直到

确信那彩色烟气融不进
发梢或手心,心头或袖口

蜷起身子,收起腿脚
自此成为面包的心腹
餐车所经,空气甜香
也藏住让人打喷嚏般的
隐秘和感动
牛奶瓶、宝石蓝花瓶
皆在手工木桌上蹒跚动作
咬紧牙关,企图挪到桌角
下去赴油漆桶的约定

香蕉船的远航

香蕉船切开水的动作
从来都很温柔,嘿
用眉毛递给飞鸟一句早安
骄傲的太阳光爬进甲板角落
连睡个回笼觉
姿势都是不容置疑的

是已经出海了一千次吗
和浪涛对峙过一千遍似的
香蕉船知道
它每夜会停靠在新的岸边
往船长日志上挤进一个新的故事

香蕉船自己都快遗忘
这是它第一次远航
一如初生的第一次
它还未曾和任何船比肩
轮船、汽艇、木舟、军舰……
它们听起来和自己相仿
但总归有点不一样
有一个它曾深深爱恋
切切烦恼的地方
这个名字倒是铭刻在心
"远航预备部"——在那儿
日光和月光为它打磨
天的蓝色和水的绿色
给它洗涤,一千多个日子

锈的螺丝刀和扳手的气味
是安全感的补给
按时日计算,草草包装了一些
贴上标签——"风暴时开启食用"
离开前最好的伙伴
是冬天里头朝下栽落的一池叶子
谁的水花溅起得最小
得到的分数才最高
即兴的艺术
可香蕉船深信
这些比赛不过是
树叶要离开预备部的借口
下了水就径直游走,不听分数
春天再回来
也认不出了

终于轮到它了,就是现在
第一场夏雨之后
远航预备部的入口可以暂时关闭
这个名字之甜美
胜过所有汁水丰富的果实
可把自己的身体藏在预备部里
干干净净,又有什么值得褒奖
就一张皮囊,磨旧了仍旧漂亮
香蕉船把"远航"两个字刺在身上
日复一日地,不慌不忙地

海边的玻璃屋

从喧闹的城镇里成长起来的人,礼拜天集市上普通的人
没有人记住我儿时的性格,也没有人
知晓我,其实独守着一座玻璃房子
是寻常的房屋,临近鲜有人关心的岛屿

在清晰可触的夜晚,没有起雾
海浪均匀的呼吸驱散着,误入梦境的独角兽
有柔软的浪花和深灰色的云朵
做富有的泡沫掩藏我的身躯

在真实可见的拂晓时分,并未起风
我躺在柔和的沙砾组成的吊床上
目光穿过清澈如水的房顶
去细数天上的颜色,它们变化无常
像一不留神碰翻瘦瘦的几瓶美酒
迷醉了我毫无防备的眼眸

看着看着,它们竟从天上失足跌落了
被孤单的海风一路吹着飘摇啊飘摇
停在我的玻璃屋门口镶嵌着贝壳的台阶上
它们被过路的海水冲洗,挟走了一点;剩下的
从摊开的颜色里,绽开了色彩各异的琉璃花

不过只在明晃晃的白天,我才知晓这些
天亮着我才端详海平面、地平线与天穹组成的几何图案
深夜,我只会趴在波涛汹涌的起伏里
浮上海面庆祝或沉入海底悲恸,无声地
为了与周遭的万物保持平衡
我未能开口说一句话,驻留在那玻璃屋子里

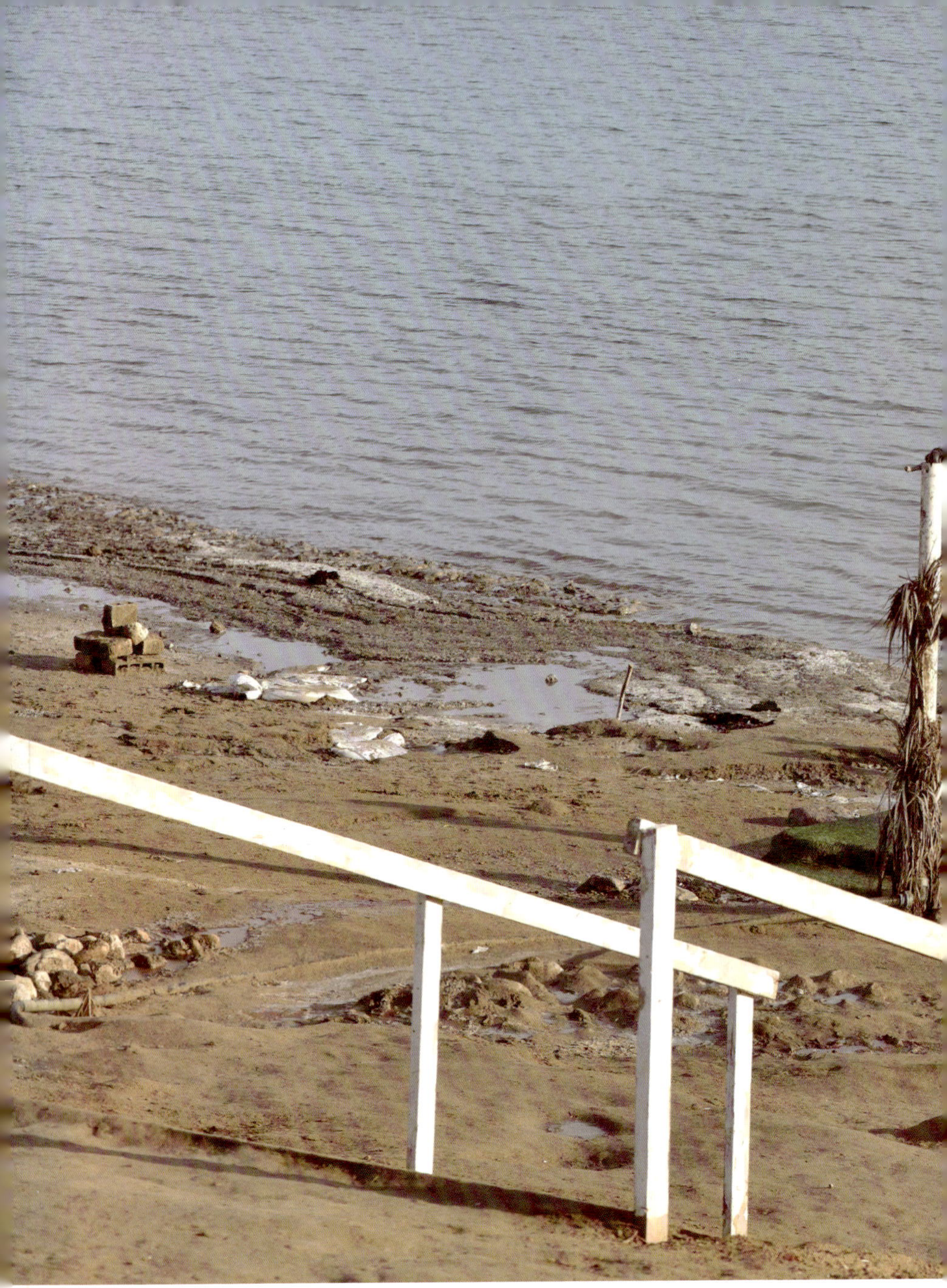

马萨达，以色列
Masada, Israel

♥ 面包树

一个故事大略的模样
收录在面包树的一群果实里
它们不是俗不可耐的果实
行人都常吃不到答案
才屡次徘徊跋涉

面包树目睹着人
缺水的手,漂亮的手
跃然的脸,闪着光要遁入虚无
明暗掩映里
托起从山坡滑下的回想

它的情节无所谓分枝
由果实外皮串联
就像不同的衣袂被拼合
扑打自由,寻唤东西
抻开成了一大张桌布
天衣无缝

那果实里的故事还有纵深
要去测量纵深
不是端而平视,而是掩埋于土中
细问土的度量,沙的忱挚
而后噼里啪啦地,面包树的
果实自山坡滚动而下
顺着雨水划出几条坡痕
触底,像十个沉沦的太阳
翻腾,把胸膛扎进光线
任其牵引而上

果实扬起来,来到树上
没有职责,无论目的
望去,只有一棵
好似光彩笃定的面包树
晕头转向在
名为尽兴的湖泊旁
转着它波光粼粼的影

♥ 诗人的月亮

一间陋室
诗人的脸颊苍白而谦卑
呼气的瞬间
他祈求，降临在另一边世界

绿光四合，雨点坠入
未落下先化成细小的鼓槌
击响着，月亮紧绷的脸面
快要击穿

于是那月色皱起眉目
苍白且谦卑
月儿哭了
适量的光是小心翼翼的
几乎是吝啬的
怕弄疼了它小心翼翼的孤独

♥ 她，他

她饮进诗行，用毫无修饰的嘴唇
下巴朝上，手心向下
正思忖何以成为
对岸快乐的多萝西

他说离开红房子久了以后才知道
不只有晦涩的书页里才有愁绪
心里也有
还有山那头闪耀的星光
和轻飘飘的人

他从木椅中升起，在堂中自转
邂逅了烟和雾气
再误把第十一块糖果
隐匿于桌布里

她却不再可以用几个铜板填饱激动
骄傲不再漏洞百出
漂亮藏匿在生活中

他们还用照旧的目光去端详对方

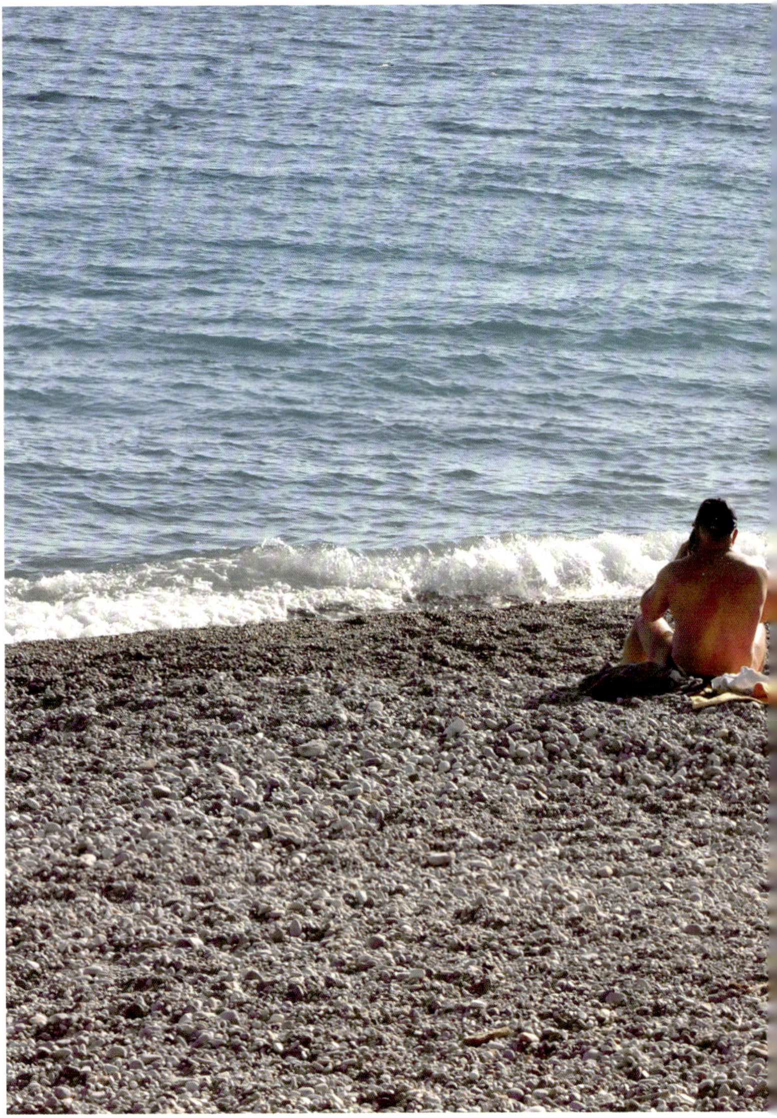

卡拉玛塔，希腊
Kalamata, Greece

♥ 星期三

星期三，纸条弯成了
指针，时间的指针
绷直才坚定
才那么几日，躲匿不住
它染上过期的罐中胶
"虽千万人吾往矣"
夺门而出
指针松弛，已不只是滞留
逆着翻转

我没收这只表拥抱手腕的权利
我要彻查它在我所有的漫不经心里
偷偷摸摸
对我的这些星期三
你的这些星期四
悉心改换了什么
可坐着坐着
天就漆黑了
天完全黑了
再让它赢一次

♥ 狂欢夜

深灰色的涛声,驾一支汪洋里的螺旋
潜入了深蓝色的梦呓
那痴人口中的痴言,无一丝武装地悬浮在
从容通往甲板的华丽台阶
成一串没有注释的狗尾巴草
来系在摇晃着酒红色的杯

船身,晃荡地披上又一轮黑夜
月朗星繁点缀了黑色的幕
像满脸胡茬的笑意
一点点消融在背后的万千灯火
舍不得迈开一小步
舍不得月亮和星星隐退哪怕一点点

这是精彩绝伦的夜,而非灯光摇曳的黄昏
每一个美丽精致的人
忘记沉睡而苏醒的人
他们眼神里有烟花般,按捺不住的快乐
伴随闪耀的星星一起冉冉升起

于是,
白胡子,红领结,闪闪发亮的绿裙子

还有颤颤巍巍的黑拐杖
都一齐在甲板跳踢踏舞
而后飞舞上天空
和上帝的乐手交换喜悦和心事
好像不在乎第二天还有日出,它们飞舞
仿佛在此之前的人生都付之一笑

海上的狂欢
让冰凉的海水疯一般地激荡,久腻的时光
和音乐一起拯救出
隐居在深海里的灵性
那灵性像钓获的鱼,挂在船尾
和船尾拖曳出的波浪一齐走

在一场深蓝色的梦里,丢失在灿烂里
遗失自己在热望的眼
银河也降落于熙熙攘攘的愉快
自此,没有人是孤零零的作曲家和诗人

哈斯特，新西兰
Haast, New Zealand

♥ 只有在

只有在那一瞬
离开自己
去捕捉纯真的笑靥
伴你左飞右舞的裙袂
我忽闪的心
才蹚过万水
绕开了针锋相对的岩石

♥ 风干后的花

Voice Memo 和 Voice Message
面面相觑的孪生兄弟
连签名的缩写都相同
可 Voice Memo 仅有话筒
没有听众
那些某月某日的 Voice Memo
散落在关着门的舞台
和压花一样
压在缝隙里
它们"不知有汉,无论魏晋"
它们也偶然掉落出来
深呼吸着
现世的空气

舞台下

沉默的夏虫,剧场落幕后
上演着一出无言剧
有重重的圈套
吊在树杈上摇晃,枝繁叶茂
月亮的耳环
是捕捉星点的绳索

舞台下,无形无状的描图纸
绘有变化多端的苍穹
另有清晨的裙装
潇洒地饰以宝石
补丁拼作口袋
轻巧地盛装果实

你守着,岩层訇然中开
怀抱无神孔雀,受伤的鹅
在罅隙间奇迹般痊愈
泛舟入海

无处可立
船舰漂而荡
沉又浮
等候海螺发声
明亮如号角

你能悬吊起所有的疑思吗
这是舞台下的表演
好似提琴手在屋顶之下演奏
一个被埋藏的木匣
到永久,不会被打开

♣ 画师与厨子

红衣的画师,绿衣的厨子
守着绿肥红瘦的园,百无聊赖
玩起半个大理石桌的扑克
五十二个星期,刻在每一张纸牌上
另一半桌子
隐没在雨水中的火焰
五十二个烹饪和创作的星期
就此切去一半

厨子的铲子穿透了
画师摞起的画布,冲散了图块
让墨散开,应运而生
破损的水墨画
画师原本铸造着何物
他怀抱着百种解释
是小船舱,狭细的木屋

微不足道的村舍
还是翡翠城的微型复制品

另一条画师勾画过的狼狗
从监牢出逃,觅不到绿洲
它跳进那园子,在其杂草遍布之前
在那里,日和夜相与枕藉
狗吠不止,似有疑虑
它低头仔细咀嚼着香蕉烤饼
好似嚼着,一薄片的生活

星星掉落在厨子忽闪的铜锅
被人间烟火烹调后
和光同尘
让画师慢条斯理的脾胃
食一食华丽烟火

PO. M.G
JOÃO
BRASIL CAMPEÃO DO MUNDO
BRASIL CHAMPION THE WORLD
1962
CHILE
GILMAR
D. SANTOS
M RAMOS
ORLANDO
N. SANTOS
ZITO

罗西尼亚，巴西
Rocinha, Brazil

♣ 并置

I 表演家

他有,两个齐胸的对称口袋
弯下腰,领带就松散了
神情也松碎成几点光芒
在地面上,投射并停止了
不在台阶荡秋千

他足边的,跳棋哑言
充满目的地跳动
他手旁的,勺子埋首入水
忘情冬泳
他面孔霜白,独白了心神
不复更新,决意不再拥有动荡人生

他决意不复划分,必然与巧合
就用一本艺术指南垫了椅脚
那指南好似无稽之谈
说将乐符收起缝入布料
以下巴所指预言笔的走向

II 对话框

他有一盘盒式磁带
转着,录着,每年一样的
对话的形状
"那种对牛弹琴的,
熟悉的安全感,
让你确信对面的动物还是同一只"

被剥离出来,话语中的纹理
层层交复,建造起纸张
那指南词汇表的书页
两边印着一对对词语

一月 January	白雪 Snow
允诺 Permission	责任 Obligation
真 Fact	幻 Fiction
遗余 Unfinished	绕结 Interlocked
……	……

那两面的词语,沾了翻倒的油水
书盖起来,就融成了同一个

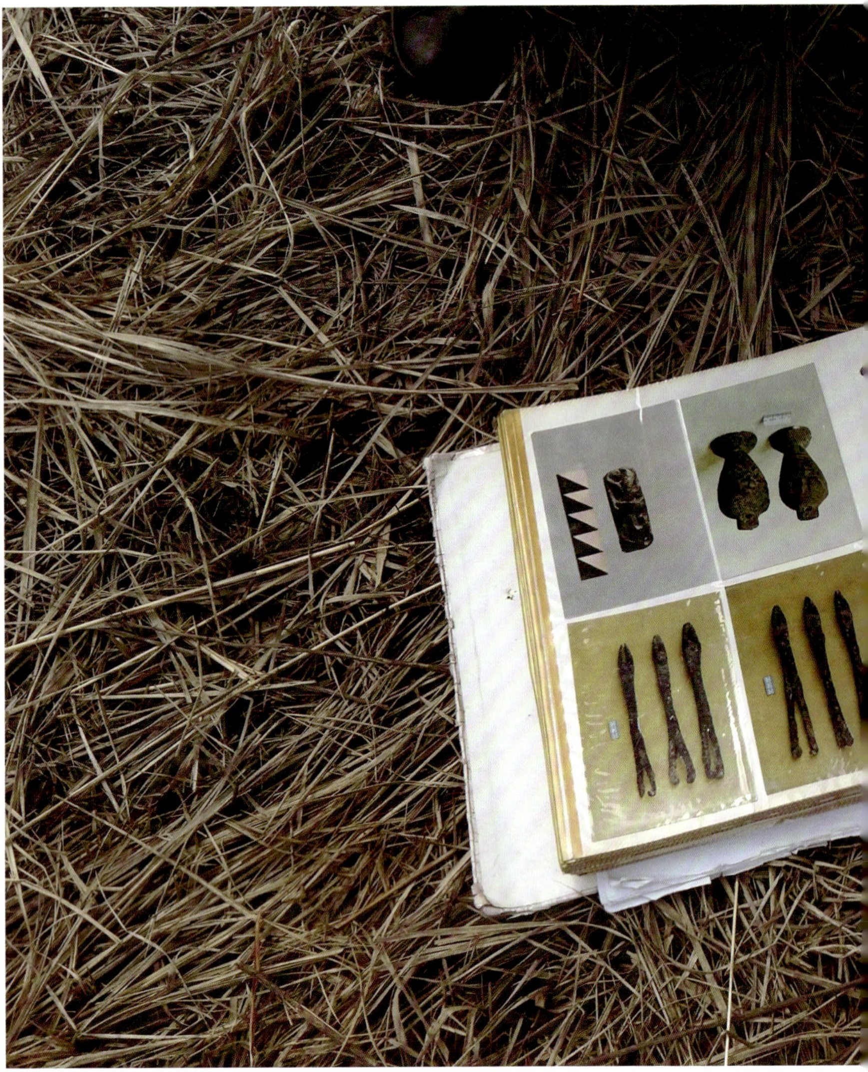

符拉迪沃斯托克（海参崴），俄罗斯

Vladivostok, Russia

♣ 窗

那扇窗
含住一整个山岭
在它之前
我手舞如同风中的摇叶
瑟风啊,你带我去远方
消瘦的诗人
把泪珠儿沁在最末的花瓣上

于是深深浅浅地攒动
挤对了我
往外探仿佛是
重重的棂格
猜不透,拆不走
我好像听见另一个世界的
穿林打叶

呵,一根松针
挂疼了我柔弱的脚踝

挂出来
我头朝里，脚朝外的
讳莫如深
原来还在原地呢

半身停悬，两手抓空
我手舞足蹈，如同风中的摇叶
可我还是听见了，那是
直抵耳朵深处的汽笛声
微风里荡漾
万里船，已然来泊

我奋力跳出去
原来这样轻易
待到一起雾，就随它走

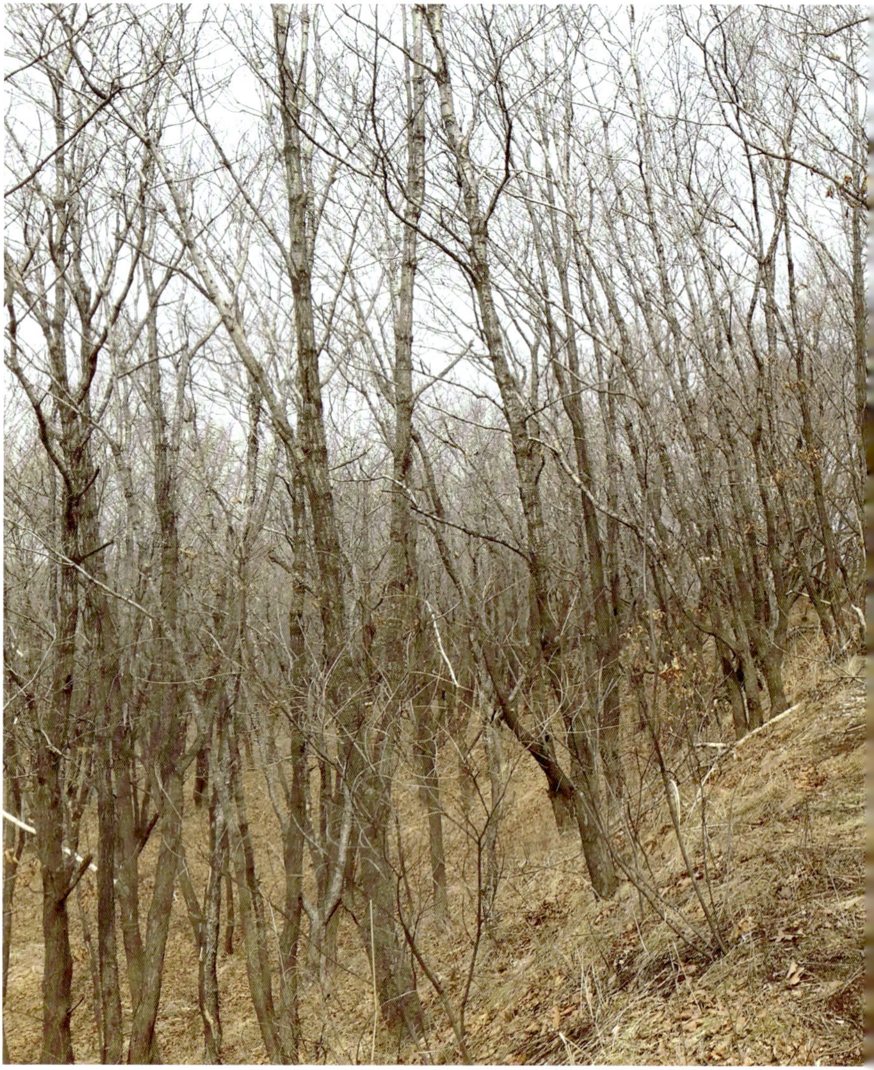

符拉迪沃斯托克（海参崴），俄罗斯

Vladivostok, Russia

♣ 谓无谓

一不留神
一个句点拉长变成了省略
又一个空格太长变成了换章
倾耗多少才能恍然

一腔纷冗之间
向来就没有简略
伊始就没有绝对

仰头饮了这甘露吧
在日光里洗净幻觉
再留下半颗心
去完成所有的欲念

瞬间

笑的时间
美的时间
在拥抱蓝色的瞬间，
朝着蓝色大海的方向
以虔诚跪拜的姿态，风——
吹来停顿的空间
和栖息的空间
你爱上那不干涸的感受
如同厌恶过往
黄土以任何形式的强求

笑的瞬间
泪水涌如清泉的瞬间
停顿游移的孩子
正在心上演奏一曲追赶的赋格
弹给温柔起伏的海
用明亮的双眼触碰
属于美的时间

给耳朵织一条美丽的裙摆
为眼睛穿上华贵的外衣
像饮进从天而降
最纯洁的水滴一样
吃下流淌着音乐的浆果，去树林里
耳朵和眼帘于是隔离了
躁动的空气
过滤了不芳香的一切

若是果篮里不再溢满诗和美
飞鸟将不再向往
如果恶犬食不尽陈旧的谷子
鹅卵石将无处铺陈
倘若美生出的一切，流逝在
喧哗的时间，白昼将要燃尽在
害怕红色的瞬间

♣ 冷

石头沉入海里
很低很低
唯有这样
它才能确定将自己覆裹着的
是没有空隙的水
石头不是狡黠的
它也不上来换气

而头脑健壮的四肢动物
最赏心悦目的
即是最狡黠的
它们不仅想生得漂亮
连每日的外皮也要充分搭配
它们口中的冷
是砖瓦之外的冷
是格格不入的冷
是置身事外的
干净的冷
若要命不贫瘠
便找各种机会
同其他头脑健壮的
四肢动物齐狂欢

♣ 若

只有，不能言说的
淋淋漫漫的
若年少只如初见
若只似遥相对望的星
若一如摆在秋千的风
如不曾见，不曾变，不曾念

疼了眼眸，肆冷了手
当世界消弭了所有色彩
天灰霾，地尘埃
电线横挂，连接东西
树哀摇
讥嘲旧日的痕纹

♣　圈

狗熊憨卧成圈
战斗式匍匐
玉米堆叠为丘
烟火般辐散
继续言语
兀自生长

♣ 透明

只是把身体
困在透明介质的这一边
瞳仁里
填充幸福的虚像
最后,时间摊开手给我瞧
"爱,它是个平面镜"

♣ 齿

在去的路途里
心里盼望做一把折梳的一边
和另一边的齿
把彼此深深地
嵌进彼此的生命

在折返的那一程
两岸的猿声渐行渐弱
轻舟过了万重山
那些轻轻碾过的话尾
就似梳子费力地
划过黑发无痕
只是头皮还懂得疼

♣ 锈

栏杆已锈迹斑斑
一片水波涌来
爱莫能助
栏杆倒在另一潭水中
染了水色
可洗不去锈的

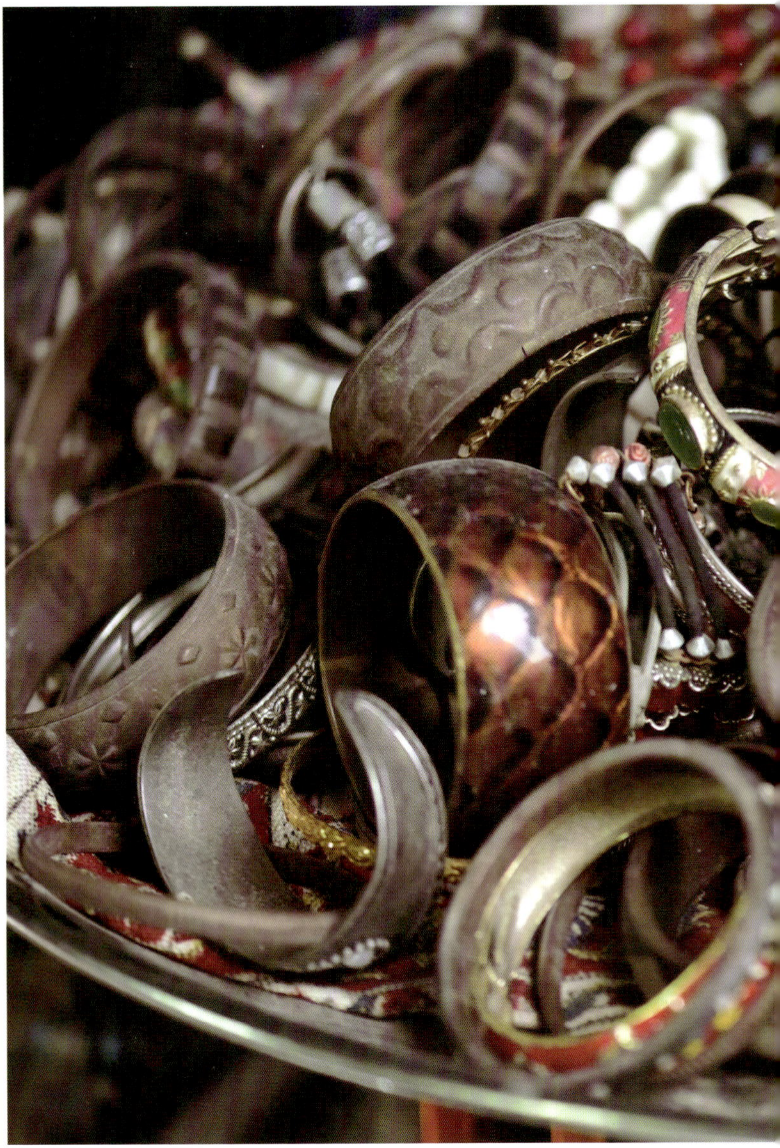

耶路撒冷
Jerusalem

♣ 星在转移

每个星球都为自己藏着
一双跳舞的鞋
拭去灰尘,却拭不去羞怯
但只要周遭的星球起舞了
它也不得不
相对地起舞了
它们在一块巨大无垠的底色上
亲密,远离,结成组,再变化
流动的底色,琳琅满目了
沉沉地托着
一支永恒变化的舞蹈
和一曲无始无终
也始终如一的后摇滚

◆ 小事

就像头发变白
我的离开
它只是一件小事
带不去几缕春风
压不住你的呼吸

北边跑来一只小羊
衔走了你的青草
你干站着微笑
用明眸爱它
然后用明眸送走它

青青草，一枯荣
嚼来苦甘并在
是你心血的集聚
是时光调味品的翻倒
是山坡这头的风景

而我，而它
现在要奔往那头去

它含着这青草
我见你含着泪

我的离开
它只是一件小事
不是你心头的山峰
只是时间的小河里
船来了
我上船
船随水浮

那个围着绿色头巾的人

那个围着绿色头巾的人
眼睛里透出狡黠的光芒
他摘下头巾轻轻一晃
面前就出现星辰大海
他任我选择一样作为礼物带回家
我却决定背起行囊去远方

那个围着绿色头巾的人
他其实没有巧舌如簧
在日光的强烈直射下
拙笨着陷入自恃的慌乱
我弯腰拾起他掉在地上的头巾
竟留恋般嗅出泥土的芳香

那个围着绿色头巾的人
他好几次出现在我的梦里
舞着大龙向我叙说他的生动
最后他的脸庞变成了温柔的百合花
身躯却化成了精炼的石头

那个围着绿色头巾的人
他连雪上的车辙都印得整齐划一
我想他应该是和吉卜赛人学敲鼓去了
即使不能发明冰块
也会造出百折不挠的漂亮鼓槌吧

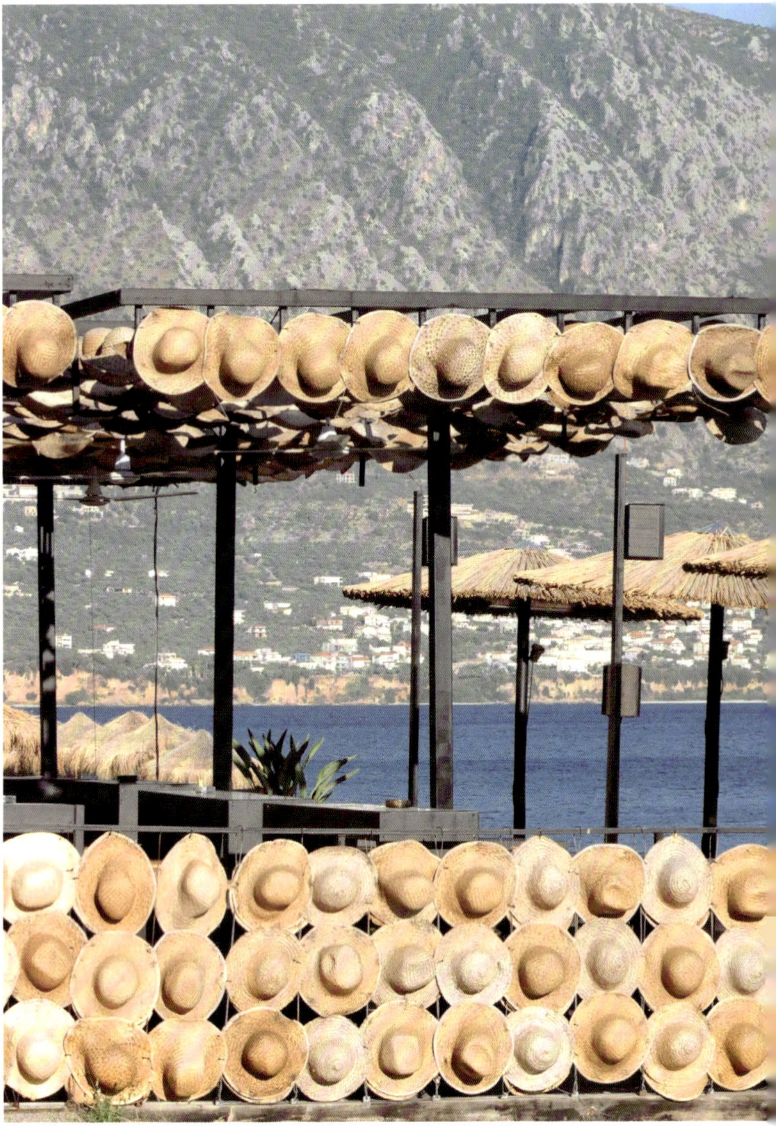

卡拉玛塔，希腊
Kalamata, Greece

唯一

不容分说
他把灵魂刻在她的舌尖,继续
柔柔的睫毛上滑落
在膝盖上掉落
他的热爱占据了她所有的期待

她是他,相识的唯一一人
他也是她
书写的陈词滥调中
唯一一人
他们却
偏爱热闹非凡的地点
做路人眼中

合二为一的同一个陌生人
她说,这样的感觉
像她喜欢的第一个吻
还是他仅有的几支歌

如果在这里能寻找到世界
于是旧的就是好的
大海干了竟是美的
为了他
她藏住全身的所有细胞
世界只剩下几条她爱的,坦白
轻佻的规律,有一半丢了

梦境

在掉下一根针
都盖不住声响的村落
萤火虫相聚成群
它们要用自己的光
去照亮一个酣睡中的梦境

在那个很难言说的梦境里
一定有酣畅的晴天
即使下雨,也是舒心的淅沥
有只容得下一辆车的林荫小道
载着你去,任何心之所向
不过如果你想步行
应能遇到不少有趣的伙计

当然,一定还有

默默的水井,香甜的空气
窸窸作声的睡不着的动物
和我总会叫错名称的
蔬菜和水果
总之,都是你熟悉和钟爱的

有一天
我在不温不火的天气
看见一只翩翩飞舞的蝴蝶
它在小湖泊旁打转
在小树林间穿行
我会追随它
来到那老屋里,环绕在你身边
和从前一样

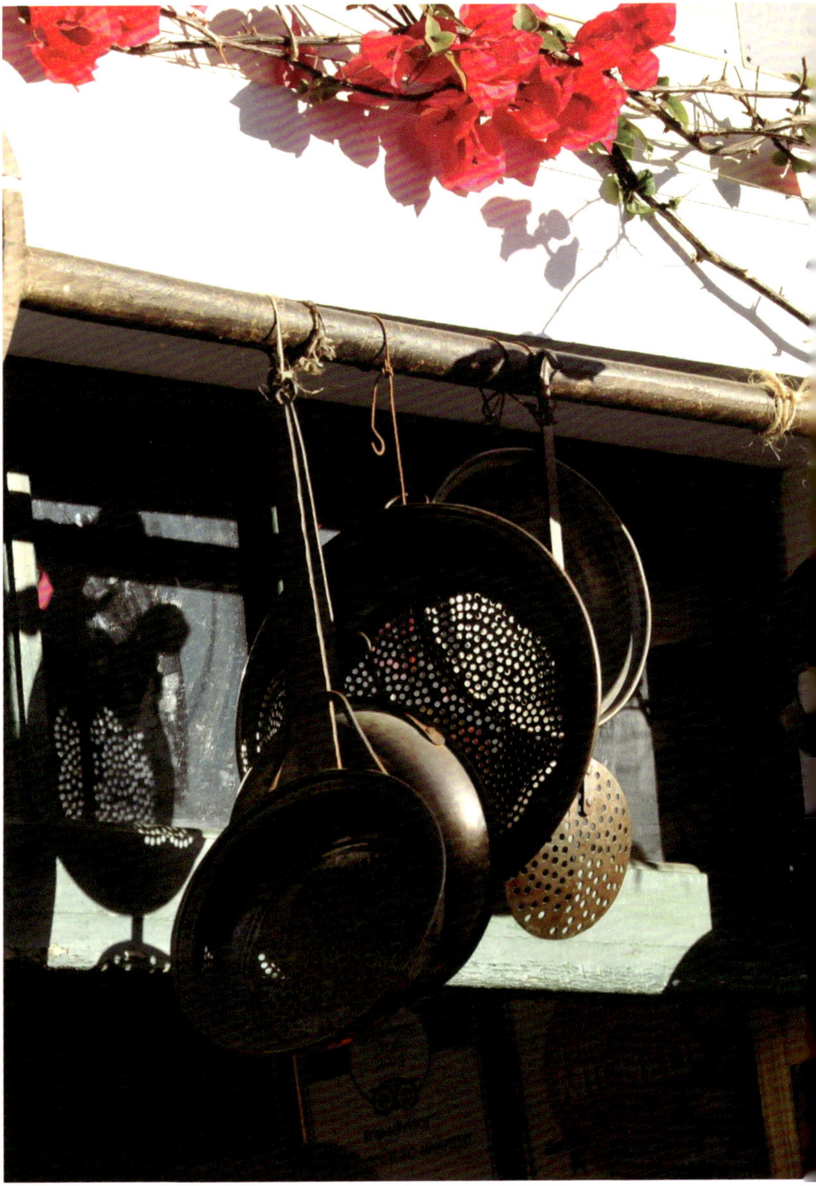

卡拉玛塔，希腊
Kalamata, Greece

◆ 再见，朋友

昨日才将你和心中的模样对照
把你从想象拉到清晰的眼前
今日却要和你说再见

我的行囊不增不减
仿佛来这一遭，就是枕上背包
合上眼睛梦一场
心田里
却种起了各样甘甜，惆怅，新的发现

这是一本书页纷落的金色书本
颠来倒去，页码重复
注定是一个说不好的疑惑故事
却一定是个处处装着疑惑的好故事

再见，我的朋友
你曾带我环游世界
若生命再无交集
让我写下你的名字

南阿尔卑斯山，新西兰
Southern Alps, New Zealand

夜色

撞进心里,是疾速移动的漆黑
风急急地呼啸,吹松了深色的大衣,讶异如你
仍用那衣袂裹住漆黑,步履寒冰
我的朋友,那漆黑的意义,或高于日光——
叫人喜爱的熠熠生辉
否则,你从何得来坚实如磐的头盔
和永不枯竭的心
穿过它吧,这神秘的夜色,惴惴的不安
原本这漆黑莫过于
夜以武装自己的柔软的云
明天,待到旭日东升
喜悦和冀望会再次纷呈

太阳和巧克力

他们穿过一个始终移动的空间
空间碎了,崩裂了
又用胶带缠起来,零散而完备
脚底亦没有停下舞蹈
像从一个冰山的一角,边跌边跳到另一个
冰山的一角

他还一边发放一副缺少数字的纸牌
形态五花八门,翻过来
只有图案——
有黄狗、麋鹿和野鹅
也有潜水艇、刹车片和锈的锅
还有秋葵、砂石和白水
他发牌的手势让人目眩,嘴里念着
"我们来玩个记忆游戏"
可牌上的图案分明转瞬即变

这是流金铄石的夏天
一片赤忱的冬日
和飞鸟迁徙的春和秋
未有更改,困惑正在长
而慈悲还在唱

在他的眉目中间
或许只存在渴求
对着完整的喜乐

于是他可以为太阳的浪漫深深跪下
也能把纯真的黑巧克力撕开枕在脑后
希望有人寄信给他，写上
戴上太阳的帽子你就是艺术家
吞下这块坚硬的可可
就去到无人的山谷，比猎豹跑得更快
哪怕没有一个动作适合庆祝
每次苏醒都如获至宝

卡拉玛塔，希腊
Kalamata, Greece

很久很久以前

我还能忆起
很久很久以前
我的身体里有一个领航仪
深深的
我跟着它走,一口气
不分白天黑夜地走

它秘密的鸣响
是与我专属的亲密
我合着眼睛行进
几乎是故意的
它会偏护我的

它会引领我的

领我走过
雨、尘、雾和黑暗

海消瘦了,海又丰盈起来
我全忘记了深浅
路上,有茹毛饮血的野蛮人
声嘶力竭
我竟百听不厌

如今我张开了眼睛
因为它早已消失
我继续走过
雨、尘、雾和黑暗

这一次,告别

这一次,告别
我往东,你往南
电话里你的声音遥远而沙哑
"这里风沙太大
一不留神我就呛住口鼻"
我翻开走前你送我的无字书
把这一句记在上面
好在下次相会之时
给你带去几个防尘的口罩

这一次,告别
我往东,你往南
为大雪天预备的绒衣太厚了
使我的大箱子饱和得装不下任何东西
我的心也充涨着
不敢再去碰一下

然而没有流泪

这一次,告别
我往东,你往北
在迈上新的土地时我们都不要惊奇
因为其实能动摇我们的
除了一成不变
没有别的东西
我们的怀抱自此空落落
这样也好

这一次,告别
我往南,你往北
我游过大洋的时候会闭上眼睛
不知你的这个夜
是否宁静安稳

◆ 书笺

我要送你一串在细风中摇曳的千纸鹤
朝着翅膀上的金粉，吹一口气能翩翩起飞
我要给你阳光底下最动听的湖水
和徘徊在湖畔的火烈鸟
我要把所有的美好心愿
都埋藏在你精致的枕头下
许你一整晚芳香的梦
最后，在你温柔的眼睛上滴下精灵的药水
等待天亮时分
你是我最想见到的人儿

◆ 鉴定夜晚

信手摊开的书
在桌上坚持
这是 V 字腹部训练
也是我正要找的那一页
谁来一起分享
这一个
有问有答的简单夜晚
无须鉴定的简单夜晚
荧光黄是问题
宝石蓝是答案
有唱有和
诗人最近越来越像一个歌者
声音上升是提问
回音飘荡是答案
你饿了吗
喏,掰一半给你
你和我的简单夜晚

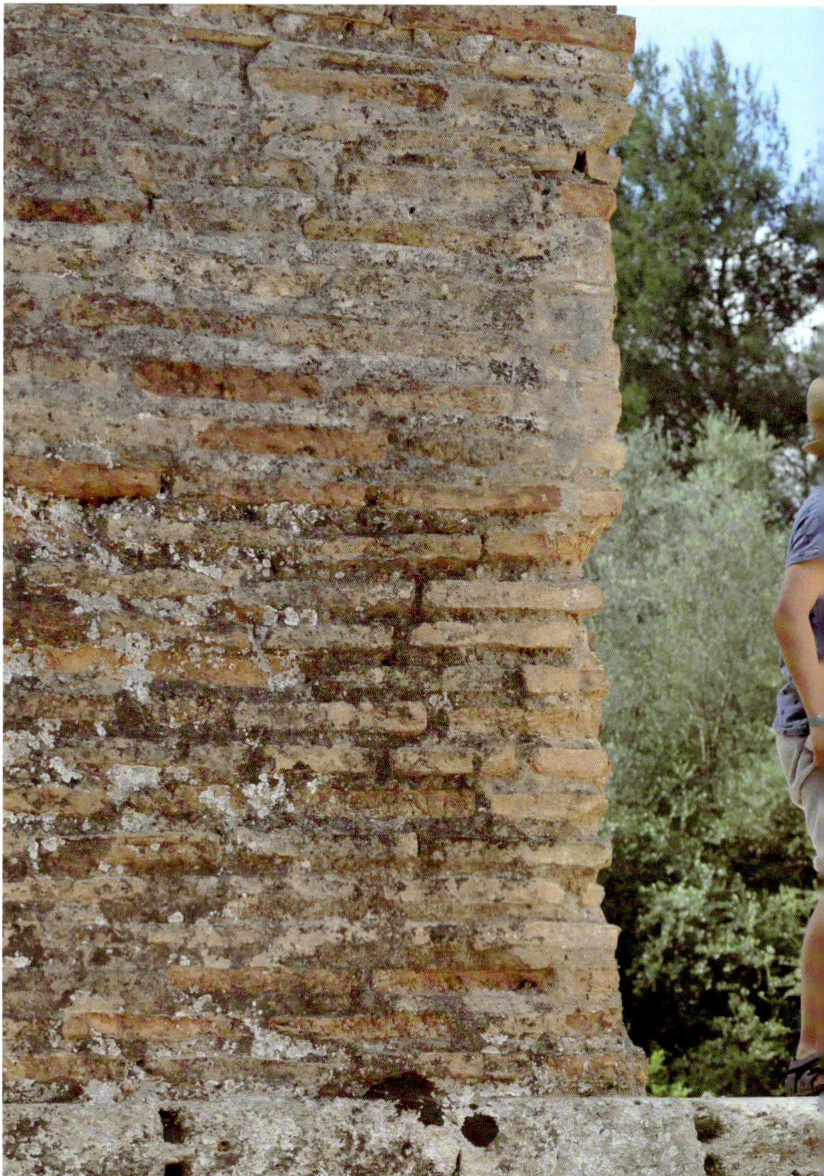

卡拉玛塔，希腊
Kalamata, Greece

◆ 巨人的志气

巨人最想绽开的志气
无非是把她身上游弋的星星
缓缓地糅进自己坦荡的衣衫
对着他身体里整片冰冻的海
自此有了破冰的斧头
明亮的海水不舍昼夜地流
而高大如山的爱人呀
也常在天霁之前就累得俯下身
你也需要把他困惑的头揽入怀中

符拉迪沃斯托克（海参崴），俄罗斯
Vladivostok, Russia

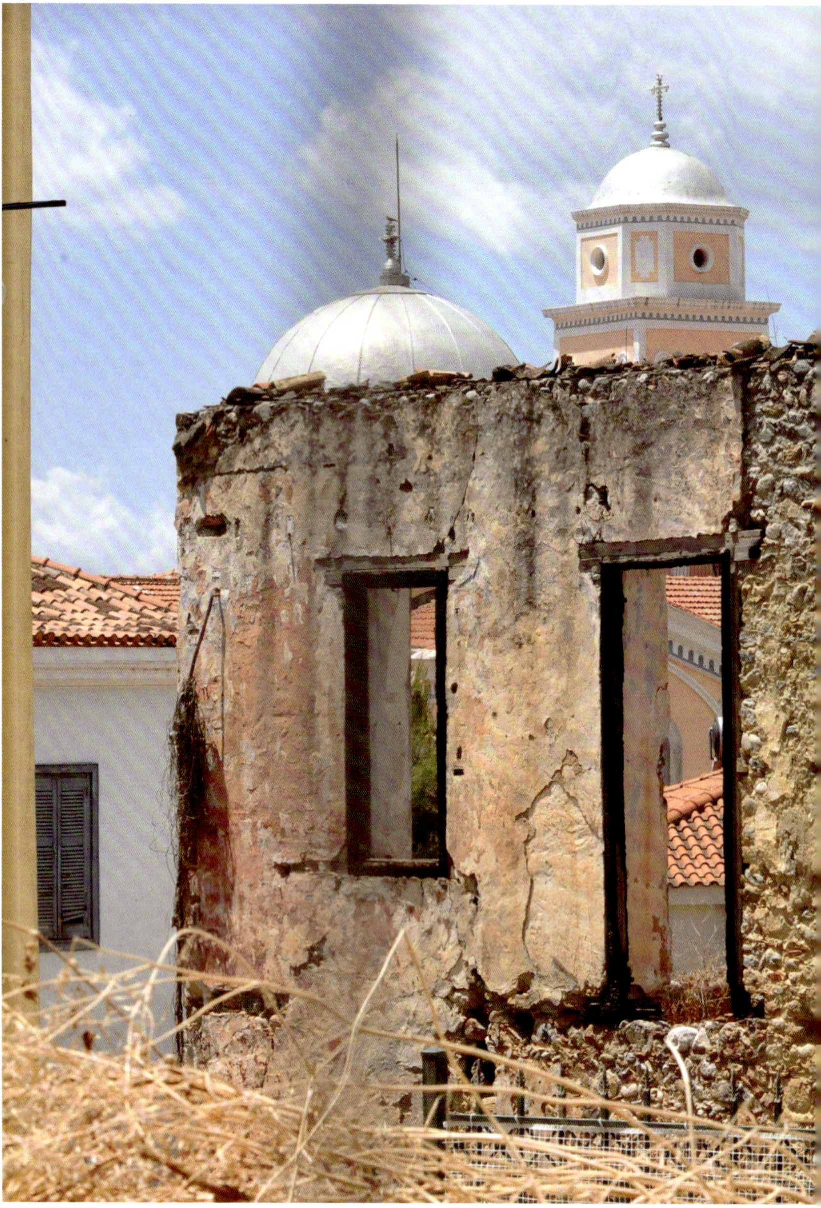

卡拉玛塔，希腊
Kalamata, Greece

幸福国

我扔掉了望远镜
只要眯起眼
就能透过天空和海洋
看到你
你比我珍藏的
后摇滚还要细腻
比厨房抽屉里半甜不甜的酒
甜多了

这样的极乐
很快溢出胸腔
沉闷的鼓声都遁形了
沉默的心跳终有了灵性

我也找不着录音机
却常听一根漂浮的树枝述说
它对家的奢望如何渺小
此刻却激荡着
它说
"我终于迎来了,
一个漫长逗号后的
第一次呼吸,
我探出水面,
真的太漫长了"

南极菠萝小宝典

♠ ♥ ♣ ♦

南极菠萝

【释义】

对于南极菠萝鉴定所的所长来说，诗是她在南极亲手栽种的特殊菠萝。它们不需肥厚的土，不需香甜的空气，无论天气晴雨，都能兀自生长着。诗所营造的一个个纯粹空间，好像一个个菠萝的身体——菠萝的内里是质地统一、纯而漂亮的淡金黄色。

和一首诗深层次地接触，与和一个菠萝交流的过程无异。对一个菠萝，可以小心地远观而不可亵玩，也可以凑近把它的叶冠和果实分离。对待它身上各种元素的方式也能是天马行空的，可以把刺、皮和果肉分开，痴痴地看它们最原本的模样；可以去热爱那些细小而特别的刺；可以斜斜地削去它们；也可以为除去它们，不费心思地把菠萝的四壁切去，露出内里。可以轻松地吃下菠萝，可以把菠萝芯当零食，也可以喝下菠萝，可以只用味觉，也可以加上嗅觉。菠萝因为这些感官和心理体验，它是立体的，而同样的，诗也能是立体的。

诗是南极的菠萝。立在南极点往外望去，东南西北并无分别，一切的一切毫无依托，更无限制。这些形态缤纷的菠萝，守着一副副纯粹的梦境和一个个正在生长的可能性。文物等待鉴定，头脑常被鉴定，菠萝和诗也自然可以被鉴定。鉴定所中盛放了这些自由、姿态各异的菠萝。踏入鉴定所的人，想怎么听、看、吃、喝、切、玩，皆可以为所欲为。

城堡

【释义】

　　到了需要离开的时候,依旧没有人愿意挪动。"这座城堡是我的,至少,这个小小的房间是我的。"这句话在不同时间从各色装扮的人口中吐出。他们有的是西装革履的绅士,有的是不修边幅的乞讨者,有的是姿态婀娜的主妇,还有老态龙钟的佝偻者。时钟的声音回荡在城堡的穹顶,好像是从最顶端发出,然后一点点渗透下来,让再怯懦的耳朵也无法回避。时钟是来宣判他们居住的时限到了。到了要搬走的时候,他们脸上的最后一丝的快乐被抽尽了。城堡的一丝一缕都变得可爱而珍稀。锈迹斑驳的水龙头、忽明忽暗的吊灯、湿滑的木头桌子,这些都是被厌嫌过的物体,是即便在市场上赠送也未必有人接受的物体,可是此刻,这些东西却突然变成了这几个个体的命中不可或缺的必需品。

　　每一个个体都是暂时的栖居者。他们先后入住城堡的时候也不知道哪一天是到期日,却在这段时日里盼望能够全身离开,因为这里是闷的、乏的、锈的、霉的、徒有其表的。城堡处的地势较低,但它的前方有一方迷人的土坡,站上去,能看见宽阔的河流,能听见铁轨有规律地咯吱作响。城堡的背后是另一片建筑群,不知道究竟有多大,夜色降临以后,偶尔能从窗子里瞥见它们简单而华美的屋顶上发出的光点。这些人互相述说着被监禁一般的苦,他们无一例外地渴盼出走,却在大钟敲响、终应该出走的时刻双腿软弱,跪着恳求。外面的每一寸空气都是稀薄而全然没有吸引力的,他们渴求停留,渴求继续守着城堡,守住自己的身躯。他们的脑海里淅淅沥沥地放映着属于这里的每一帧画面,不能够释怀，不能闭眼休息，若是要挪动一步，脚心如扎在刀尖上一样，鲜血四溅。现在，他们绝望的样子楚楚可怜。年老者连续卧床不起，声称自己患上了不能够移动的病，需要城堡的庇护；主妇说城堡已然离不开她的日日打理，这里需要她；乞讨者顾不上自己的脸面，只是坐在门口撒起泼来，不分日夜；绅士的方法独到而有力，他设法给城堡的规划者发送电文，想为自己买断这里的居住权。不论选用的方式是巧取还是豪夺，可以确信的是，前方迷人的土坡和背后神秘的建筑群，现在对他们来说只是两组苍白的形容词点缀着苍白的名词了。许多人去过这座传言中的城堡，记得这座城堡，有的人兜兜转转还是回到城堡，有的人惧怕它，许多人正在计划逃脱，但更多的人还在以狰狞的面貌争取留下。没人能说清它的样子，因为每个人的城堡不尽相同。城堡的正面挂着一枚巨型字母"O"，它的全名叫作 Obsession（令人着魔、不可摆脱的事物）。

耶路撒冷
Jerusalem

百亩森林

【释义】

　　画面上身材挺拔的登山者看起来疲惫而安宁，在山顶，她全然不顾采访者的夸赞和发问，牛头不对马嘴地说了下去："和动画中的克里斯托弗·罗宾一样，我亦有一片百亩森林。树枝上、树洞里、树干间，住着我的十几个故友。这个百亩森林的称号极有可能是我强加的，因为故友们并不知晓，他们自己正住在我的百亩森林里。后来，我离开了，我合着眼睛、循着水流往上游走，去寻访皮肤色泽不一样的人。我的脚也踏过各色各样的行山路径，翻山越岭。我还和蚊虫打交道，查看高处和低处叶子的不同变化，把自己标榜成一个探索者。我的故友们经受得起漫长时间的考验，他们倒是早早悟透了生活的真谛，就在百亩森林里见证一沙一世界。百亩森林，好像永远是冬季。也许是气温极低的缘故，它把所有的东西都保存得百分之百地完好，让我偶然回去，每一次都能收获和上次所见相差无几的景象。可每当思绪远远地掉落在百亩森林上，我都像疯魔了一般，用尽全身气力去想它。"

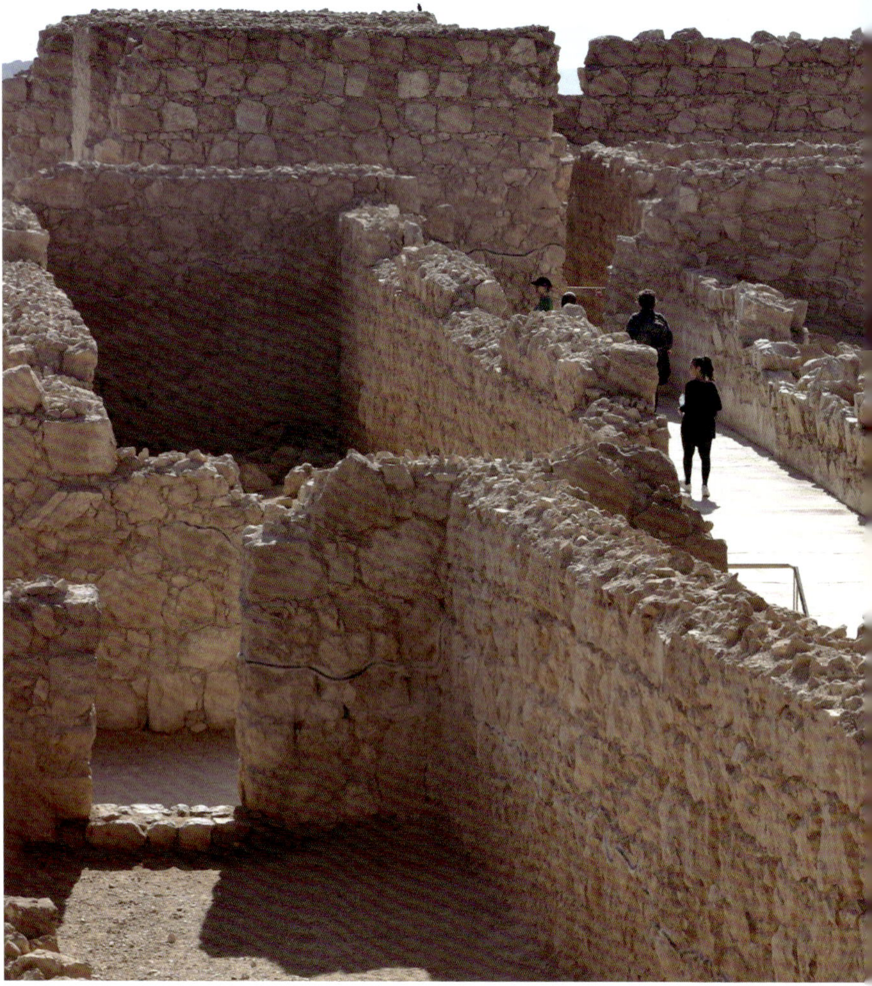

耶路撒冷
Jerusalem

瓦楞纸和灯芯绒

【释义】

在日和夜交接工作的那几十分钟里，独居的书店主人发现了一个巨大的秘密——她看见书店的陈列桌上，她拥有过的八千多个日子正一沓一沓地缓缓上长。每一层的质地好像不一样，形状也不一样，比如上一层还是几张皱巴巴的瓦楞纸，下一层便是几条灯芯绒的碎布头……但她在收拾这一大摞的曲曲歪歪、参差不齐的东西时候，她摘下眼镜看，突然发现，它们大抵并无分别——站远些，她给这一大摞日子做了一次数学微分，就更有这般相信了。

用同样微小却坚定的姿态，瓦楞纸、灯芯绒、砂砾、琉璃、叶子这些东西自在地层叠聚集，展现出她的日子的形态，成为她生命里不容质疑的填充物。书店主人会心一笑，她还复述得出每一层的故事，譬如在自己生命的构筑中，有哪层瓦楞纸是她有意加固出来的，哪层灯芯绒是她悉心密密地织出的，她都还记得。她还欢欣于自己的聪慧，甚至是狡黠——正因为她给那一层聚集物命名为瓦楞纸，它才不是灯芯绒，而它本来也可以被叫作灯芯绒或者其他什么名字。所有的这些东西，都是她一点一滴赋予而成、浇筑而出的，一层又一层，互相成就，此消彼长。

若没有了去赋予和去填满的这个举动，她大抵要陷入无所事事的漆黑洞底。

书店主人在备忘录里记下了这个巨大的秘密：

"极有可能，活着，怎么玩儿，都是玩儿。成和败相同，难和易相同，迷路后绕一圈和绕两圈相同，在下一个路口右转和左转相同。上次过感恩节的时候，我去到影子里，先给自己的鼻子挂一根胡萝卜变成了马，又改在头上挂两根胡萝卜变成了兔子，这么说来，也相同。"

耶路撒冷
Jerusalem

纸盒子

【释义】

　　和加油站、咖啡、三明治不一样，有些东西不是一拍脑袋、一踩油门就能在两英里内找到的，比如说纸盒子，一个大小、温度、湿度都恰到好处的纸盒子。它不是一个真的纸做的盒子，它代表一种"应运而生"的空间与状态。坐在纸盒子中，围绕着你的牢固四壁是缺一

罗西尼亚，巴西
Rocinha, Brazil

壁的,你下一秒就有可能跨出去。这是一个有余地的、半开口的盒子,没有被花哨的胶带裹得密不透风,也绝不似风吹草低见牛羊一般辽阔。你不会对盒子的任何细节加以追究,毕竟你只是在其中暂留片刻。你被允许停留在这个盒子里的时长,也是恰到好处的。入口处绝没有挂倒计时器,不紧不慢的,却也不是天长地久。于是,灵感、专注、集中的情绪、较真的乐趣,就像壁球一样撞击在墙壁上,用力弹回来,狠狠和自己谈判,再继续反弹。如此酝酿,许多鲜活、深刻的主意应运而生。这个纸盒子大概不是音乐四起的咖啡店,不是鸦雀无声、穹顶华美的图书馆,倒可能是穿越黑云、熄灯后的飞机舱,或者是让人往复踱步的候车室。

城里的雨水

【释义1】

　　从S城西南边的一幢红色小楼顶上看，雨是斜斜地落的，不是飘，不是打，只是颇为果断地从容落下。白漆栏杆上躺满了水珠，厚着脸皮享受着。逐渐晦暗下来的天色映衬着参天大树上摇着的绿叶，突然间，自如的落演化成了果敢的击打。大地连同它之上的渺小生物，失去了言语，偶尔疾驰而过的车辆，像没有耐心停留的色块。道旁的房屋也褪了色，路边的植物节节疯长。"唰"地，隐秘的道上闪过一辆摩托车，它已打开了车灯。

【释义2】

　　狗儿误入一个人迹罕至的A城食材加工厂。它停在两排深蓝巨型工厂的中间，进退两难。轰隆的雨声将它吞噬，它试吠了几声，随之识别出自己的脆弱。

　　往日乏味的大机器变得如同墓地一般岑寂，像埋藏着一些白天运转的秘密。狗儿望见前方地上的水洼和一边顶棚上不知哪里倾漏的水帘，六神无主。刚想掉头，又是一阵更大的轰鸣声，从头顶贯穿到脚底。

【释义3】

　　M城的雨天不惹人喜爱，却挟着星星点点悲伤的浪漫。雨点打在街上，像粗心的女士让项链上的珍珠散落一地，一旁的管家忙着捡拾，断断续续，毫无预兆。雨点本身倒是毫无特色的水滴，但它连绵的方式就像一个丢失枕边玩偶而啜泣的小女孩——她不会大哭，但你明白她会继续哭泣，安慰着她，她却不能够真正地停下。

【释义4】

　　N城除了高楼什么都没有。玻璃窗是巨大有力的屏障，隔开两个毫不相关的世界。男主人赤足站在玻璃窗前，如同在隔岸观火。
　　天色空白，甚至透着点惨白。鲜绿和深绿的树叶身不由己，整个天地被大雾般朦胧而又浪潮般猛烈的大雨侵袭了。
　　目光沿着树列，他发现有一个栗色长发、戴着黑色帽子的女人正走过，她步调不缓不疾，在暗沉的背景里也不突出。眨眼间再凝神，她的踪影已经消失在雨幕里。和一跃消失在树后的灰兔一样，她是不是去哪里躲避了呢？有庇护她的人吗？